10人의 시혼

시문학
제19집 **시몽**

발행일	2022년 12월 5일

지은이	권동기 외 9인		
펴낸이	손형국		
펴낸곳	(주)북랩		
편집인	선일영	편집	정두철, 배진용, 김현아, 류휘석, 김가t
디자인	이현수, 김민하, 김영주, 안유경	제작	박기성, 황동현, 구성우, 권태련
마케팅	김회란, 박진관		
출판등록	2004. 12. 1(제2012-000051호)		
주소	서울시 금천구 가산디지털 1로 168, 우림라이온스밸리 B동 B113~114호, C동 B101호		
홈페이지	www.book.co.kr		
전화번호	(02)2026-5777	팩스	(02)3159-9637

ISBN	979-11-6836-620-6 03810 (종이책)	979-11-6836-621-3 05810 (전자책)

(주)북랩 성공출판의 파트너

북랩 홈페이지와 패밀리 사이트에서 다양한 출판 솔루션을 만나 보세요!

홈페이지 book.co.kr · **블로그** blog.naver.com/essaybook · **출판문의** book@book.co.kr

작가 연락처 문의 ▸ ask.book.co.kr

작가 연락처는 개인정보이므로 북랩에서 알려드릴 수 없습니다.

시문학
제19집

시몽시인협회

류심 백승훈
백암 권동기
서아 서현숙
소운 박지우
송아 김효정
아정 유연옥
죽장 장병오
천안 김영진
초로 신인숙
함초 신옥심

詩

10人의 시혼

夢

🐢 북랩

권두시 卷頭詩

— 10人의 시혼詩魂

겨울이어야 한 해의 갈무리를 위해
비로소 원고를 모으던 습관을
올해에는 한 달을 앞당겨 시도했는데
회원들의 따사로운 마음으로 동참한 터라

이렇듯 원고를 모으자마자
얼른 출판사로 넘기는 시간을 단축했음에
무척이나 고맙고 반가운 일이라 여기며
더욱 시몽이 빛나기를 바라는 마음이다.

지난해에 이어
제19집 '10人의 시혼'을 더 높이 걸고
힘찬 정진을 향해 회원들 간 문우의 정과 함께
창작의 열기가 더욱 고조되고 있음에 자축하며

만추의 계절에 뜻깊은 날을 간직하게 된 기쁨과
회원의 개인마다 수놓은 소중한 시작품들이
온 누리에 가득히 펼쳐지기를 소망하며
올 한해도 회원의 가정마다 행운을 비는 바다.

2022년 12월

회장 白巖 배상

연혁

○ 시몽시문예(서울사02183) 서울시청 등록(2007. 09. 11.)

○ 제01집 '16인의 시혼' 발행(2008. 09. 25./00인 시인패 없음)

○ 제02집 '12인의 시혼' 발행(2009. 03. 21./12인 시인패 증정)

○ 제03집 '15인의 시혼' 발행(2009. 09. 05./05인 시인패 증정)

○ 제04집 '18인의 시혼' 발행(2010. 03. 06./09인 시인패 증정)

○ 제05집 '23인의 시혼' 발행(2010. 09. 14./09인 시인패 증정)

○ 시몽시문학(영덕사00001) 영덕군청 등록(2011. 02. 22.)

○ 제06집 '19인의 시혼' 발행(2011. 03. 12./07인 시인패 증정)

○ 제07집 '17인의 시혼' 발행(2011. 09. 24./07인 시인패 증정)

○ 제08집 '18인의 시혼' 발행(2012. 03. 17./03인 시인패 증정)

○ 제09집 '20인의 시혼' 발행(2012. 09. 01./04인 시인패 증정)

○ 제10집 '18인의 시혼' 발행(2013. 03. 23./01인 시인패 증정)

○ 제11집 '19인의 시혼' 발행(2013. 09. 07./01인 시인패 증정)

○ 제12집 '15인의 시혼' 발행(2014. 03. 15./01인 시인패 증정)

○ 제13집 '14인의 시혼' 발행(2014. 09. 20./01인 시인패 증정)

○ 제14집 '15인의 시혼' 발행(2015. 03. 21./04인 시인패 증정)

○ 제15집 '18인의 시혼' 발행(2018. 06. 22./02인 시인패 증정)

○ 제16집 '13인의 시혼' 발행(2019. 11. 30./02인 시인패 증정)

○ 제17집 '11인의 시혼' 발행(2020. 12. 30./02인 시인패 증정)

○ 제18집 '9인의 시혼' 발행(2021. 12. 20./00인 시인패 없음)

차
례

권두시卷頭詩 … 4
연혁沿革 … 6

류심流沁 … 11

당신이 꽃길입니다 | 사랑한다는 말 | 또 그리운 아침 | 이제는 내
가 갑니다 | 금빛 소나기 | 어떻게 해야 하나 | 끝내 남은 건 그리
움 | 시린 것도 아픔일까 | 그대 가슴속으로 | 당신의 바다 2 | 동
그란 바다 만리포 | 천리포 바다 3 | 바다의 꿈 | 그리운 건 너 |
인생

백암白巖 … 29

자연의 문 | 덧없는 세월 | 무궁화 | 해몽解夢 | 초야의 길 | 사람
은 | 달 | 메아리 | 사랑의 하모니 | 대지의 생명 | 마음의 꽃 |
피는 그리움 | 스산한 바람 | 푸른 솔 | 등불

서아書娥 … 47

가을이 왔다 | 이른 비와 늦은 비 | 날개가 있다면 | 첫사랑 | 감
자전 막걸리 | 배롱꽃 아가씨 | 상념에 젖는다 | 엄마의 마음 | 시
래기 | 겨울 바다 | 봄 오는 길목 | 가을 사랑 | 아픈 사랑 | 낙
엽 되어 | 꿈을 꾸듯

소운笑耘... 65

만남 | 꿈꾸는 눈사람 | 홍시 | 가로등 | 내 생의 마지막 | 우산 | 고향 | 며느리 꽃 | 해후 | 까맣게 잊혀진 날들 | 회상 | 우리 집 | 그리움은 | 인연 | 삶

송야松也 ... 91

위로 | 탈 | 길 | 바람 | 양은 냄비 | 이천 쌀 문화축제 | 이천 이밥 | 감사의 삶 | 까마중 | 살고지고 | 별 1 | 별 2 | 위대한 상賞 | 꽃밭 | 산책

아정雅貞 ... 107

호수 | 사랑의 빗물 | 마음 담은 사랑 편지 | 안개비는 내리고 | 가을 사랑 | 중년의 가을 | 그대에게 | 기다림 | 사랑의 연가 | 그대를 사랑합니다 | 여름이 가고 가을의 문턱에서 | 가을 하늘 | 반복되는 우리들의 삶 | 가을 사랑초 | 영혼 속의 핀 꽃

죽장竹杖 ... 125

안전 | 가장 무서운 것 | 세월 | 깔판 바꾼 가자미 | 소나기 | 현장에 피는 꽃 | 근심 걱정 | 감자 | 법카法人card | 라면 | 더불어 사는 세상 | 싱그러운 오월 | 먹구름 | 참깨의 삶 | 새벽 봄비

천안泉安 ··· 143

삼신 드디어 점수하다 | 할 일 | 초겨울 오장육부 | 뜻 | 우리 아
이 | 춤 | 딱새는 검은 사랑 | 작아진 아내 | 마지막 흉몽凶夢 |
아린 하늘 검은 새 | 생생불식 | 꺼먼 가죽 부대 | 밝아서 따뜻해
서 | 조화하다 | 먹는 일

초로草露 ··· 159

내 고운 향기 | 꿈으로 얻은 노래 | 허공에 뜬 별 하나 | 비와 그리
움 | 배앓이 | 허공에 머무는 마음의 꽃 | 님이 오는 소리 | 꿈 |
꽃잎 | 그리움이 쉬어가는 저녁 | 깊은 밤 | 허공 | 민들레 홀씨
1 | 민들레 홀씨 2 | 민들레 홀씨 3

함초函草 ··· 177

새벽의 강 | 길 | 그날의 뒷모습 | 파도 | 대지의 숨소리 | 무심
無心 | 여름의 무게 | 수수깡 인형 | 여정의 길 | 해일 | 대둔산
| 겨울새 | 견우와 직녀 | 겨울을 밀치고 | 만선의 꿈

류심 流沁

- **본명:** 백승훈白承勳
- **출생:** 1961년 부산 중구
- **거주:** 서울 강북
- **학력:**
- 경원대학 디자인 전공
- 고려사이버대학교 상담심리학 전공
- **경력:**
- 이뉴스투데이 취재 기자(2015)
- ㈜주얼리 브리진 기획 이사(2017)
- 대한문학세계 시부문 신인상(2018)
- 대한문인협회 서울지회 회원(2018)
- 대한문학세계 취재 기자(2018)
- **현재:**
- 한국문인협회 회원
- ㈔창작문화예술인협의회 회원
- 국제문학 회원
- 시몽시인협회 회원
- **공저**
- 제10집 시몽시문학 '기다림' 외 06편(2013. 03.)
- 제11집 시몽시문학 '울엄니' 외 06편(2013. 09.)
- 제12집 시몽시문학 '겨울은' 외 07편(2014. 03.)
- 제13집 시몽시문학 '우리딸' 외 06편(2014. 09.)
- 제15집 시몽시문학 '빈자리' 외 09편(2018. 06.)
- 제16집 시몽시문학 '온종일' 외 09편(2019. 11.)
- 제17집 시몽시문학 '밤에게' 외 14편(2020.12.)
- 제18집 시몽시문학 '새벽병' 외 14편(2021. 12.)

당신이 꽃길입니다

미안해서
자꾸 눈시울이 붉어집니다
무엇 하나라도
속 편히 챙기지도 못하고
낱알 같은 세월만
부둥켜안은 채
안타까움에 눈물이 흐릅니다

새벽마다 비어가는 가슴을
그리움으로라도 채우는 일이
그나마 위안이고 기쁨이어서
더 슬픈 하루가
처량하게 땡볕에 달궈집니다

언젠가는 열리겠지요
힘들고
고통이더라도
말 한마디조차 필요 없이
한 땀 한 땀 내딛는 당신에게서
희망이 피어오르니까요

생각이 열리면
늘 그래왔듯
그곳에 믿음이 채워집니다
아무리 더위가 극성이어도

당신으로 가는 길을
그 누구도 방해하지 못합니다
당신은 세상에서 가장 아름다운
꽃길이기 때문입니다

사랑한다는 말

당신 그 말
기억하나요

그건
오랫동안 품어서
가까스로 진정시킨 마음 중에
슬그머니 삐져나온
단 한마디였을 거에요
생각만으로도 터지려 하는데
어찌 말로 다 하겠어요

잠이 들 때도 깨어날 때도
오직 한 가지 생각만 났지요
지치고 힘들어도
괴롭고 아플 때도요
간신히 삼키고도
못 다 챙겨 넣은 말이었어요

오직 당신 한 사람
사랑한다는 말을요

류심 03

또 그리운 아침

무언가 가슴속에서
쉴 새 없이 찰랑거리더니
아슬아슬 차고 넘쳐서
이 새벽에 방안이 온통
그리움의 향기로 가득 찼습니다

창문을 열고 찬 바람을 맞으며
인연에 대해 생각해 봅니다
신기하기도 하고
아찔하기도 한 것이
나른한 꿈처럼 느껴집니다

시간이 흐르면서 쌓여온 마음이
한 사람을 위한 모습으로
날마다 하늘까지 섭깁니다
늦은 밤 간절하게 잠들었다가
두근대며 일어나는 또 그리운 아침입니다

이제는 내가 갑니다

그 사람이 갔습니다

떠다니는 바람
아지랑이보다
부드러운 몸짓으로
사뿐히 피어올라 갔습니다

윤기 흐르는 깃털보다도
가벼운 걸음으로
인파를 눈부시게 가르며
가만가만 밟아 갔습니다

마지막 벼랑에서의
활강만 남겨 둔 계절보다
더 풍성한 빛을 품고
익숙한 공간으로
이끌리듯 날아갔습니다

이제는 내가 갑니다

시몽

류심 05
금빛 소나기

비처럼 내리는 햇살을
본 적이 있나요
사람에게서 쏟아져 나오는
금빛 물결 말이에요
커튼을 젖힐 때
하얀 유성 페인트로 단장된
건물 벽을 치고 돌아 떨어지며
퍼지는 햇살 말고요
구름이 지나가면서 비스듬히
받아 내리는 그런 햇살도 말고요

그대가 창가로 다가서자
눈부시게 밝아지며
반짝이던 빛이 그랬어요
처음에는 창을 통해 바로 들어오다가
이마에서 주춤하더니
그 짧은 순간에
걸을 때마다 출렁이던 빛이
소나기처럼 금빛으로
쏟아져 내렸단 말이에요
꿈길보다 찬란한 금빛 소나기였어요

어떻게 해야 하나

덜컹거리는 가슴
어둠이 화들짝 놀랄 만큼
이렇게 흔들리다가
죽을 수도 있겠구나

시도 때도 없이
그리움에 떠밀리다가
거대한 해일처럼 눈부시게
부서져 버릴 수도 있겠구나

꿈길마다 찾아 헤매다
깨어나지도 못하고
지치고 지쳐서 가엾은 향기로
날아가 버릴 수도 있겠구나

내일이라도 무작정 달려가면
얼굴이나마 볼 수 있겠지만
내일이라는 시간이 오기 전에
심장이 멎을 수도 있겠구나

말로는 표현할 수 없는
그 무엇으로도 설명하지 못하는
미치도록 지독한 이 마음에
세상이 뒤집힐 수도 있겠구나

아무것도 할 수 없고
그 어떤 느낌도 희석되어
지워져 가는 불안한 이 밤
어떻게 해야 하나

끝내 남은 건 그리움

지지리도 오래 붙어살다가
반백 년 넘어서야
시들 거리는 놈들이 있었다

보이는 게 전부였던 호기심
본능에 딸려 올라오던 두려움
굵어지는 머리에서 가지 치던 무모함
계획 없이도 뜨겁던 열정
치열한 삶에 끼어들던 안타까움
발버둥마다 밀리던 허무
흔들수록 되살아나던 욕망
어두움 속에서도
가늘게 피어오르던 희망
지치고 떠나버린 그 자리

비벼 빨고 털어내도
신명하게 남아 있는 건
그리움뿐이었다

류심 08

시린 것도 아픔일까

아주 조심히 다루려 하지만
워낙 가벼운 것들이라
잘 만져지지도 않았고
흔적도 남기지 않았다

정신없이 일하다 보면
잠깐 돌아볼 짬조차 없을 때가 많아서
시큰시큰 아려와도
그러려니 했다

사뿐히 들어앉은 걸 보니
세상에서 가장 소중한 존재일 텐데
거친 숨을 다독일세라
구석에 아무렇게나 앉았을 때쯤
땀으로 살그머니 흘러내려
그제서야 그 사람인 줄 알았다

바람처럼 부는 것도 아닌데
자꾸만 시려왔다

그대 가슴속으로

일 년 내내
온몸이 땀에 젖는
더운 곳에서의 사랑은
어떨까요

매일 매일 춥고
때로는 밤이 낮처럼
하얀 세상에서의 사랑은
또 어떨는지요

때마다 들이닥치며
가파르게 달 뜨다
불꽃처럼 명멸해가는
계절 사랑과 다르겠지요

어느 녹아내리던 여름날
폭풍처럼 들이닥친
전율의 그대
마음 가는 대로 들어갑니다

그대 가슴속으로

당신의 바다 2

움직이는 너머로
세상을 본다
땅을 품고도
하늘까지 안아서
완벽한 공간으로
태어나는 당신의
눈부신 바다

층층이 엇대어 쌓은
구름의 틈으로
곧게 내리는 빛
그 사이를 누비며
달리는 바람으로
온통 흐르는 당신의
매끄러운 바다

동그란 바다 만리포

들끓는 열기가
공기 방울 하나까지
남김없이 잡아먹는 날

거미줄처럼 줄줄이
뽑혀 나오는 땀을
손등으로 걷으며
무작정 차로 나선다

서해안 도로를 달려
평택항 이정표를 지나
바닥을 치고 오르려는 태양을 밟고
마구 달려 닿은 바다

기지개 켜는 해 떨어지기 전에
발이 훌쩍 앞질러
노을 넣어야 다다른 바다
만리포

메마른 여름이
또렷이 새겨질
동그란 해변의 바다

류심 12

천리포 바다 3

상념의 물살도
따라잡지 못하던
따가운 7월의 볕

백사장 물 아지랑이
넘실거리던 파도까지
통째로 삼킨 바다

촉촉한 기억의 저편에
언제라도 기다릴 것 같은
다다르지 못할 안타까움

그 바다가 품고 있는 건
빈 가슴의 애틋함과
절절한 그리움

바다의 꿈

발 담그는 바다

구름이 흐르고
별이 흐르고
따라 흐르는 간절함

발 닿는 모래

까슬한 안타까움
시간 앞의 설움
깊어가는 바다의 꿈

류심 14

그리운 건 너

정지된 하늘
물속의 어둠
일렁이는 꿈
차가운 희망

그리운 건
너

인생

사람 사는 것이
땅속 깊은 곳에서
실뿌리 타고 오르는
거미줄 생명수 같아서
갈래마다 스며들어
둘리는 나이테처럼
굵기와 색과 향이
제각각이다

해마다
저마다의 기억 매듭과
꼭짓점들이 사뭇 달라서
되뇌어지는 일들도
차이가 있을 테지만
결 따라 새겨지는
소중한 추억들로
수십억 개의 세월을
실타래처럼 여미며 돈다

백암白巖

- **본명:** 권동기權東基
- **필명:** 남휘擊輝 · 초농草農
- **출생:** 1962년 경북 영덕
- **거주:** 본향
- **카페:** http://cafe.daum.net/Mpoet
- **메일:** kwon620702@gmail.com

○ **현재**
- 주농야시(晝農夜詩) 中
- 시몽시문학 발행인 및 편집인
- 시몽시인협회 회장

○ **저서**
- 제01시집 고독한 마음에 비내리고(125편.1994)
- 제02시집 빗물속에 흐르는 여탐꾼(125편.1996)
- 제03시집 고뇌에 사무친 강물이여(125편.1997)
- 제04시집 들녘위에 떠오른 그림자(125편.1998)
- 제05시집 고향은 늘푸른 땅일레라(125편.1999)
- 제06시집 땀방울로 맺어진 사랑아(125편.2000)
- 제07시집 토담에 멍울진 호박넝쿨(125편.2001)
- 제08시집 농작로에 웃음이 있다면(125편.2002)
- 제09시집 눈물로 얼룩진 들녘에는(125편.2003)
- 제10시집 함박꽃이 시들은 전원에(100편.2005)
- 제11시집 산하는 무언의 메아리다(100편.2006)
- 제12시집 그리움이 꽃피는 산천에(100편.2007)
- 제13시집 노을빛 사랑이 피어나는(100편.2008)
- 제14시집 이름없는 혼불의 노래여(100편.2008)
- 제15시집 시심에 불거진 맥박소리(100편.2010)
- 제16시집 아름다운 희망의 노래를(100편.2011)

- 제17시집 석양이 꽃피울 그날까지(100편.2012)
- 제18시집 속삭이는 서정의 뜰에서(100편.2013)
- 제19시집 생명의 씨앗을 수놓으며(100편.2014)
- 제20시집 노래하며 춤추는 태극기(100편.2015)
- 제21시집 행복이 넘치는 인생살이(100편.2016)
- 제22시집 허물어진 틈에도 꽃피고(100편.2017)
- 제23시집 솔바람 적시는 길목에서(100편.2018)
- 제24시집 책갈피에 여미는 풍경들(100편.2019)
- 제25시집 스치는 바람도 생명이다(100편.2020)
- 제26시집 심장으로 걸러낸 이야기(100편.2021)

○ 공저

- 제01집   시몽시문학 '우리는' 외 05편(2008.9)
- 제02집   시몽시문학 '서사시' 외 06편(2009.3)
- 제03집   시몽시문학 '노을빛' 외 05편(2009.9)
- 제04집   시몽시문학 '초야에' 외 04편(2010.3)
- 제05집   시몽시문학 '봄노래' 외 04편(2010.9)
- 제06집   시몽시문학 '창작인' 외 06편(2011.3)
- 제07집   시몽시문학 '돌담길' 외 06편(2011.9)
- 제08집   시몽시문학 '여울목' 외 06편(2012.3)
- 제09집   시몽시문학 '님이여' 외 06편(2012.9)
- 제10집   시몽시문학 '청순한' 외 06편(2013.3)
- 제11집   시몽시문학 '외톨이' 외 06편(2013.9)
- 제12집   시몽시문학 '마음의' 외 07편(2014.3)
- 제13집   시몽시문학 '공상의' 외 06편(2014.9)
- 제14집   시몽시문학 '초록집' 외 06편(2015.3)
- 제15집   시몽시문학 '주춧돌' 외 09편(2018.6)
- 제16집   시몽시문학 '허전한' 외 09편(2019.9)
- 제17집   시몽시문학 '제자리' 외 14편(2020.12)
- 제18집   시몽시문학 '언제나' 외 14편(2021.12)

자연의 문

산사의 길은
낙엽의 여운이
애잔히 돌아

가슴으로 아려오는 숨결을 들먹이며
굽이치는 산맥의 소용돌이에
등살은 뙤약볕에 무르익는다.

산과 산이 투쟁으로 벌어지고
깊숙한 계곡이 사랑으로 답습하듯
자연의 신비로운 생명체들은

소스라치는 옥문을 지나
고요의 맑은 빛으로 자비로운 미소를 품어 안고
은은한 풍경소리에 고뇌를 벗긴다.

덧없는 세월

들꽃이
춤춘다.

세인은
술잔 들고

녹슨 세상
흥건히 희석하며

눈물을
마신다.

백암 03

무궁화

창문 밖 뒤뜰에
삼천리강산을 자랑하듯
뿜어낸 그 여름의 미소가
갈바람에 황금을 토해
더 넓은 지상의 꿈을 펴고

고개 들어 마주친
그 작은 몸짓으로
그윽한 공허의 뜨락에
흰 꽃, 빨간 꽃의 마법을 풀어
더 높은 기상의 혼을 놓고

떠난 그 자리에

더 울 땐 그늘이 되고
비 올 땐 우산이 되고
추울 땐 털옷이 되던

여명의 몸짓을 자연으로 되돌리고
색동옷을 벗고 있다.

해몽 解夢

태초에 무르익던 역사를 보채며
채 눈뜨지 않는 다복솔의 뭉클한 율동으로
고요의 숲을 흔든다.

창공을 나는 평화의 몸짓에
흥분의 탑을 쌓아 구름으로 덮어주고
급히 둥지를 향해 낙하한다.

초야의 길

어디에 있는지는 모르지만
꿈처럼, 바람처럼
닳고 닳아진 낙엽의 정표를 안고
묵묵히 날아야 하는 이유를
알 수 있을까

어디에 있는지 모르지만
생시처럼, 구름처럼
찢고 찢어진 마음의 고뇌를 품고
덧없이 걸어야 하는 이유를
정녕 알 수 있을까.

장마에 옥토가 무너지고
바람에 전원이 사라지고
가뭄에 초목이 메말라도

그 길에
우뚝 서야 할 이유를 알까
그대는.

사람은

하늘이
초석보다 높을까

대지가
마음보다 넓을까

바다가
정서보다 깊을까

사람은

초석으로 삶을 다지고
마음으로 꿈을 피우고
정서로서 혼을 심는다.

달

은하수를 휘두른 그대는
옥보다 더 짙은 사랑을 덧칠하며
우주를 주름잡는
야생마의 울음이다.

지구촌의 등불이 된 그대는
태양보다 더 정갈스런 흥분을 자아내며
역사의 꿈을 엮어가는
황홀경의 전율이다.

깊어가는 한밤을 녹여주는
운우의 그윽함을 열어주는
성스러운 마법성이다

그대는.

메아리

아무도 묻지 않아도
아무도 듣지 않아도

너는
행복을 잉태한 불야성처럼

꽃잎에 달궈진 참사랑을 닮은 듯
소리 없이 아우성치는

자연의 대변인이요
우주의 예술인이다.

백암 09

사랑의 하모니

미학이 파고에 실려 온다
꾸물대지 않고 힘찬 걸음으로 오지만
받아 둘 보시기에는
먼지들이 눌러앉아 노박한다.

해학이 태풍에 밀려온다
푸른 꿈이 피는 당찬 마음으로 닿지만
녹여 줄 언저리에는
기생충이 모여앉아 웃음을 친다.

사랑을 묻고
인생을 잊고

꿈은
모질게 피고 있다.

대지의 생명

정액이 넘쳐야 잉태가 되듯
넓은 품 안의 호르몬으로
욕정이 불붙고
흥분의 씨앗이 생명을 틔운다.

천지신명이 돌보듯
고요한 메아리에 솔방울이 춤추고
메마른 만물을 입김으로 녹이며
풍요의 젖가슴이 희망의 샘을 쏟을 때

강산은 웃는다.

백암 11

마음의 꽃

고요의 빗방울이
들녘의 웅덩이에 고여
피어오를 들꽃을 유혹한다.

진흙으로 남루한 텃밭에
무지개는 회색으로 변질하여
아름드리 핀 순결을 훔친다.

하늘의 흰 구름처럼
대지의 진드기처럼

여명의 꿈이 익어가는 초야에
한 떨기 향기로 더 넓은 옥토를 애무하는
그대여.

피는 그리움

움직여도 움직이지 않을 몸으로
산허리를 휘돌아
흰 바위에 흔들리는 꽃잎을 훔치며
맑은 미소를 자아낸다.

덧없는 길 따라
가슴에 여민 그리움 따라
신음하듯 미끄러져

어느덧
하늘은 노을에 무너지고
삶의 고지를 삼키려 손짓하는
근엄한 오솔길에 어둠의 물결이 나부낀 채

피어도 피지 않을 그리움으로 쌓여
모래알에 서걱이는 애무의 황홀처럼
차가운 가슴에 불꽃을 내려놓는다.

백암 13
스산한 바람

맑은 생명이 비운을 돌아
냉기에 시달리는 산마루의 하루

산새는 창공을 벗 삼아 지저귀는데
풀잎은 낡은 세상을 안고 흐느낀다.

풍만한 젖가슴으로 역사를 꽃피우던
산천의 맥박은 야속한 세월을 부풀리며

덧없는 고통의 길에 토해놓은
스산한 바람만 외롭게 기웃거린다.

푸른 솔

메마른 풀잎은 웃음꽃을 피우다
끝내 울음을 터뜨리며 돌아앉은
그대의 진정한 마음속에서
봄은 영글고 있다.

냉기류에도 지치지 않는
돌처럼 단련된 그대의 옷 주름 틈새로
감회의 허영심을 낙엽에 묻어버리고
하늘을 떠받치는 천년 지기 되어

허우적대는 속세를 보듬으며
맑은 샘을 틔워주는 복스러운 마음으로
인류의 삶을 드높이는
영원한 등불이다.

백암 15

등불

고행의 가시밭길
그 길을 넘고 너머
문외한의 험준한 건널목을 지나면
잡초의 시련이 끝나듯
맛깔스러운 조명 아래 만개의 웃음꽃이
살포시 필지도 모른다.

미풍의 너털웃음
그 웃음이 메아리가 되어
가위눌림에 찌든 삶을 지워버리고
도외시된 천지를 온몸으로 녹여 밝히듯
천년의 신음 속에 여명의 불꽃이
아련히 튈지도 모른다

영원한 그대의 사랑이.

서아 書娥

- o **본명:** 서현숙徐賢淑
- o **출생:** 1955년 경북 영주
- o **거주:** 경기 수원
- o **학력:** 동국대학교 아동학(문학사) 학위

o **경력**
- (사)창작문학예술인협의회 문학세계 詩 '꽃의 넋' 외 2편 등단
- 대한문인협회 금주의 詩 '어머니' 선정(2011.5)
- (사)창작문학예술인협의회 전국 시인대회
  詩 '제30회 런던 올림픽' 장려상 수상 (2012.10)
- (사)창작문학예술인협의회 이달의 시인으로 선정
  '가장 아름다운 모습' 의 詩 외 01편 (2012.12)
- (사)창작문학예술인협의회 '한국문학발전상' 수상(2012.12)
- (사)창작문학예술인협의회 '창작문학예술인금상' 수상(2013.12)
- 대한문인협회 금주의 詩 '사랑의 결실'(2021.5)
- (사)창작문학예술인협의회
  '한국문학 올해의 우수작품상' 수상(2021.12)
- (사)창작문학예술인협의회 운영위원장 역임

o **현재**
- (사)창작문학예술인협의회 정회원
- 대한문인협회 경기지회 정회원
- 시몽시인협회 부회장

o **저서**
- 제01시집 들향기 피면(2013)
- 제02시집 오월은 간다(2021)

○ 공저

- 대한문학세계(2011년 여름호) 詩 '꽃의 넋' 외 02편
- 대한문학세계(2011년 가을호) '코스모스' 외 01편
- 대한문학세계(2012년 봄호) '아침 이슬'
- 대한문학세계(2012년 여름호) '향기 되어 날아'
- 대한문학세계(2012년 가을호) '제30회 런던 올림픽'
- 대한문학세계(2021년 여름호) '사랑의 결실'
- 대한문학세계(2021년 가을호) '가을 바람' 외 01편
- 名人名詩 특선시인선(2011년 12월) '기다리는 마음' 외 09편
- 월간 한비문학(2012년 11월호) '부부(夫婦)' 외 01편
- 월간 한비문학(2012년 12월호) '억새의 사랑' 외 03편
- 시인과 사색 10집(2012년 12월) '가을비 내리는 밤' 외 09편
- 시사랑 음악사랑 현대시와 인물사전
  조선어연구회 발족 100주년 기념 '가을 길 떠나라' 외 02편(2021.10)
- 제7집 시몽시문학 '산딸기' 외 06편(2011.9)
- 제8집 시몽시문학 '안개비' 외 06편(2012.3)
- 제9집 시몽시문학 '채송화' 외 06편(2012.9)
- 제10집 시몽시문학 '백합향기' 외 06편(2013.3)
- 제11집 시몽시문학 '천혜의 공간' 외 06편(2013.9)
- 제15집 시몽시문학 '은혜의 날' 외 09편(2018.6)
- 제17집 시몽시문학 '어머니의 밥상' 외 14편(2020.12)
- 제18집 시몽시문학 '겨울 나무' 외 14편(2021.12)

가을이 왔다

황금 들녘을 지나서
코스모스 피어있는
길을 걸으면

여름이 상처 주고
떠난 자리에
곱게 물든 가을이 왔다

온종일 내리는 비
고개 숙인 벼 이삭
바라보아도 행복하고

농부들의 땀방울에
가을이 익어가니

여름 떠난 그 자리마다
붉게 물든 가을이 왔다.

이른 비와 늦은 비

하늘에서 내리는
이른 비, 늦은 비
척박한 땅을 적신다

이슬처럼 내리는
빗방울 소리에
선연한 연둣빛 고와

공평하게 사랑받는 비를
세상 어디든지
하늘이 내리신다.

날개가 있다면

사랑은 햇살처럼
곱게 다가와도

이별은 쓰린 아픔
깊은 상처로 남는다

푸른 하늘 날아가는
새처럼 날개가 있다면

산 넘고 강 건너
그리운 임 찾아가리라.

첫사랑

곱게 물든 가을 길
걷다 보면
그대가 생각난다.

첫사랑
그 마음
낙엽처럼 퇴색하고

아쉬움에 붙잡고 싶어
뒤돌아보아도
많은 것이 곁을 떠난 후에야

사랑할 수 있을 때
기쁨을 주고받는
지혜의 소중함이 떠오른다.

감자전 막걸리

처마 끝에 떨어지는
낙숫물 소리
아버지 즐기시던
감자전 막걸리 생각납니다.

어린 시절
막걸리 사 오라고 건넨
노란 양은 주전자에 가득 담아
돌아오며 한 모금 마시던 그날이

가을 오는 길목에서
그리움으로 물든 오늘처럼
외로움 털어내고
구름처럼 바람처럼 떠나고 싶을 만큼

가끔 비 오는 날이면
아버지와 어머니 그리고 우리 남매들이
둘러앉아 감자전에 막걸리 마시던
그 생각이 납니다.

배롱꽃 아가씨

산새 소리 들리는 산사
분홍 잎 망울망울
처연하게 피더니

애절한 가슴
눈물 자국 지우고
돌아가고 싶어

보고 싶은 사람 그리며
발만 동동 구르고
달려온 세월이 얼마던가

번민을 털고
허물도 훌훌 벗어
고행으로 살아가며

세상과 담을 쌓는
배롱꽃 아가씨 너머로
염불 소리 목탁 소리 들린다.

상념에 젖는다

비 내리는 길목에
하얗게 떨어지는 아카시아 꽃잎
조용히 밟으며 걷는다

그 깊은 당신의 마음
알 수 없어
세월 따라 흐르고

그 사랑 영원할 것 같지만
이룰 수 없기에

그 사람만 생각하면
가슴 아프고
목에 가시가 걸린 것 같은

아련히 떠오르는
그대 사랑 그리워
시린 가슴에 사무친다.

엄마의 마음

이 세상에 가장 귀한
엄마의 마음

자식을 위해
넓은 사랑으로 품으며
수십 년의 짝사랑에도
질리지도 실망도 하지 않고

애처로이 젖은 손에
온갖 희생 다 하여도
자식이 행복하다면

불구덩이 속으로 뛰어들어도
자식 잘되면 괜찮다며
늘 자식을 바라보면서

험한 길 마다치 않고
걸어오신 어머니!

서아 09

시래기

농촌 마을 집마다
처마 밑에는
짚으로 얼기설기 엮은
시래기가 익어간다.

눈, 비, 바람 맞으며
햇살 한 줌
고운 맘 가득하고

투명한 먹거리에서
따스한 추억이 전하는
명약 같은 시래기는

어머니의 애끓은 손맛으로
옛 국물의 역사에 젖어 든다.

겨울 바다

하얗게 부서지는
파도 소리
쉴 새 없이 남실대고

떠오르는 일출이
바다를 곱게 물들이면

겨울 바다를
그저 바라볼 수밖에 없다.

푸른 하늘에 내 꿈 매달고
연인들 걷는 산책로를
걷다 보면

짙푸른 물결이
너무 곱고 아름다워
가던 길 멈추고 향기를 맡는다.

서아 11

봄 오는 길목

한강 얼음 풀리는
봄 오는 길목
옷깃 여미는 바람

생명 움트는 소리
가만히 귀 기울여 보면

얼음장 밑으로
졸졸 흐르는 물소리
들릴 듯 들리지 않는

목련꽃
개나리
진달래의 노래들

복사꽃 피고 지는
고향의 파란 들녘
봄소식 전해오겠지.

가을 사랑

가을은 알록달록
빨갛게 물든 채
일렁이는 단풍

용광로처럼
붉게 타오르며
사랑을 불태우고

찬비 내리고
서리꽃 피어
우수수 낙엽 비 쏟아지면

겨울 준비하느라
이파리 떨구어 내던

찬 바람 비에 젖어
떨어져 나간
너를 못 잊어 운다.

서아 13

아픈 사랑

서럽고 시린 눈물
이룰 수 없는 사랑

차 한잔할 수 없이
떠나야 하는 그대 가슴에
눈물로 고였구나!

나를 향해 오롯이 열어 준
그 마음속에서
얼마나 행복했던가!

그대 곁에 있으면
안 먹어도 배부르고
사랑으로 가득 채웠건만

이제는 가야지
뒤돌아보지 말고
당신과 내가 갈 길 향해

추운 겨울 눈 내려
발 묶이면 어이하라고
고운 임 사뿐히 어서 가소서.

낙엽 되어

굽은 길 위에서
구슬픈 영혼의 소리
들리는 듯

강물 같이 흘러간
세월의 저편
찬비 내린 언덕에도

깊어가는 가을
단풍잎 곱게 물들더니
하나, 둘 낙엽이 흐트러지는데

하늘 아래
낮은 자리에 앉은
내세울 것 하나 없이
빈 마음으로 떠난다.

서아 15

꿈을 꾸듯

꽃잎은 피고 지듯
세월 흘러가도
꿈을 꾸듯 사랑하며

그대 향해
경주할 때 보다
더 숨차게 달린다.

순백의 목련꽃
맑은 노랑 개나리
연분홍 진달래 닮은

오월의 여왕
나의 사랑 그대를
온몸으로 사랑합니다.

소운 笑耘

- **본명:** 박지우 朴祉雨
- **출생:** 1956년 전남 광주
- **거주:** 경기 용인
- **경력:** 공무원 31년 근무
- **현재:** 시몽시인협회 회원
- **메일:** 8500china@hanmail.net

- **공저**
- 한비문학, 팔도문학, 공무원문학, 간증(干證)문학 등
- 제01집 시몽시문학 '자존' 외 05편(2008.09)

소운 01
만남

그것은 필연必緣이었습니다
누구도 부인하지 못할
아니 거역할 수 없는 그 무엇

어쩜 그리
모두 다 오랜 친구 같았는지
지금도 그 모습 그대로

나의 뇌리에
오롯이 박혀
때 없이 떠 오른답니다

만면에 웃음 띤 얼굴과
나누는 정다운 말들
그대로 한 폭 그림이었습니다

먹고 사는 게 뭔지
뒷모습을 남기며
떠나야만 하는 나를

손 붙잡고
못내 아쉬워하며
내 바람하던 정다운 얼굴들

시몽

나는
두고두고
못 잊으리다.

꿈꾸는 눈사람

눈이 옵니다
하얀 눈이 펄펄 내립니다
온 세상을 다 덮을 만큼

금방 은빛으로 반짝입니다
저 건너 아파트들도
거리의 나무들도

지나가는 버스와
손님을 기다리는 택시도
모두 다 흰 모자를 썼습니다

마당에서는 아이들이 눈사람을 만듭니다
내리는 눈을 맞으며
움직이는 눈사람이 먼저 됩니다

나도 눈사람이 되고 싶어졌습니다
하늘의 눈이 다 내리도록
걸어가며 나무와 얘기하는 눈사람

소복소복 쌓인 눈을 밟으며
어깨에 하얀 견장을 달고 걷고 싶습니다
뽀드득 뽀드득 소리도 정말 듣기 좋습니다

나는 방 안에서
눈사람이 되었습니다
꿈꾸는 눈사람이.

소운 03
홍시

그 옛날 어머니께서
광 속 깊은 곳
독 안에 넣어 두셨던
홍시가 생각이 난다.

눈이 펄펄 오는 날
따뜻한 아랫목에 둘러앉아
하얀 서리 피어난 홍시를 꺼내다가
꼭지 따내고 반으로 나누어서

한 입 베어 물면
달콤하고 쫀득한 그 맛
상큼한 향기 입 안 가득
보드라움에 마냥 행복했었는데

씨 멀리 뱉기 시합도 하고
절반으로 쪼개어 보면
그 속에는
밥주걱 같은 흰 떡잎 있었지

누구 것이 더 큰가 재보기도 하고
결국은 사탕처럼 입에 넣었었어
지금도 가끔
홍시를 먹어보지만

세상사에 내맡겨진 범부凡夫여선가
그 시절 그 맛은 찾을 수 없고
밋밋한 단맛뿐
옛적이 새삼 그리워진다.

소운 04

가로등

온
세상이 잠든 밤
홀로 불 밝혀 비춰

어둠을 물리치고
빛을 인도하며
내일을 기다린다

밤새
지나는 이 없어도 다가와
날 봐주는 이 없어도

나는
오직 그 자리에
서 있다

네온사인 불빛 흐르고
춤과 노래의 도시가 손짓할지라도
붙박이를 마다하지 않으며

때로는
날벌레들 날아들고
지나는 취객이 실례해도

난
그대로 서 있다
바로 그 자리에.

소운 05

내 생의 마지막

나는 지금,
내 生의 마지막으로
이 일을 하고 있다

다시는 돌아오지 못할
정말로 아까운 시간이기에
1분 1초가 새롭고도 귀하다

때 늦은 감이 있기는 하지만
지금이라도 아니, 남은 시간만이라도
온 힘을 다하여 해나가리라

그것은 다름 아닌 『지금 하는 일』이다
그것이 무엇이 되었건
현재에 최선을 다한다면

비록 결과는 보잘것없고
빛이 나지 않을지라도,
또 남이 알아주지 않더라도

나 자신의 가슴이 벅차오른다면
내 마음이 흡족하다면
다만 그것으로써 족하리라

시몽

평소에도 늘 하던 것들이었고
진작부터 했어야 될 일인 것이며
앞으로도 해 나가야 할 일들

다시는 돌아오지 않을
정말로 귀한 시간이기에
찰나刹那라도 새롭고도 아깝게 하자

나는 지금,
내 생生의 마지막으로
이 일을 하고 있다.

소운 06
우산

타고난 팔자가 기구한지
평생을 남의 물받이로 살면서도
언제나 한쪽 귀퉁이가 내 쉼터

평상시엔 까맣게 잊었다가
날이 꾸물거리면
급히 챙기는 듯하여도

비 올 땐 나를 공중제비
한 방울을 안 맞으려 요리조리
그러면서도 옷 적신다 불평이다

때로는
지나는 차에서 튀긴
흙탕물도 뒤집어쓰고

또 어떤 때는
남을 대신하여
구정물 벼락도 맞는다

내가 만일 양산이었다면
예쁜 아가씨 손에서
노리개 모양 이쁨받았을 텐데

그러고도 날이 개면
한쪽에 내팽개쳐 두거나
아예 찾지도 않는다.

에휴 이런저런 생각 부질없다
모두가 다 쓸데없는 신세 한탄
나라고 이렇게 태어나고 싶었겠나

궂은일 도맡아 하는 것도
어차피 헤쳐 나갈 내 운명일 터
나 아닌 남 위해 공덕이나 쌓아보자.

고향

누가 빨리 달리는지 뛰어보자
교실에서 나오자마자
책가방 둘러메고
달그락거리며 뛰던 그 길

백 미터도 못 가서
숨을 헐떡이며
다시 내기를 했지
뒤로 걸어가자

돌부리에 걸리고
발이 꼬여서
몇 번이고 넘어졌지만
마냥 재미가 있던 그 시절

넘어지고
또 넘어져도
손 툭툭 털면 그만
다치지도 않았었지

여자애들은
삼삼오오 모여 걸으며
귀엣말을 자주 했었는데
그때 무슨 말을 했었을까.

소운 08

며느리 꽃

전설傳說 속에서는
서글픈 며느리 밥풀 꽃
실제로는 예쁜 며느리 꽃

밥풀 두 알 입에 넣다
시어머니에게 들켜
넘기지도 못했다지만

애기야
많이 먹어라
딸 같은 며느리

쓰디쓴 시집살이
그 언제 적 애기던가
지금은 머나먼 옛날

내 딸도 시집가면
그 집 며느린데
딸처럼 아껴야지

보고 또 봐도
예쁘고 귀여운
내 며느리 내 딸.

소운 09

해후

넌 어디서 오니
알 수 없는 세계
그 아름다운 별

억겁의 인연이
드디어
열매를 맺었구나

너와 나
아직은
얼굴도 소리도 들본 적 없으나

느낌으로 알 수 있는 건
낯설지 않은
아련한 그리움

지금 비록
활 모양 유영游泳을 하고 있지만
머지않아 대지에 포효하리니

맑고 아름다운 마음과
가지런하고 바른 뜻만을
올곧게 이어받고

튼튼한 가지와
윤택한 몸
예쁜 모습을 하고서

때를 가려 사뿐히 오려무나
널 위해
모두가 두 손 모은다

소운 10

까맣게 잊혀진 날들

내 어릴 적 개구쟁이 시절
동네 꼬마 녀석들과
매일 뒷동산에 올라

푸른 솔청을 누비며
아름드리 소나무 풀밭 사이로
숨바꼭질 맘껏 뛰어놀았지

오늘은 고생원네 솔청으로 갔다가
이튿날은 뒷재 희택이네 집
다음 날은 동구 밖 팽나무 아래

시간 가는 줄도 모르고 뛰어놀다가
배가 고프면 밥 먹으러
집으로 가면 그만

반찬이 없거나 안 좋아도
꽁보리밥이라도
그저 배불리 먹으면 그걸로 되었었지

지금처럼 라면이 있다거나
더구나 피자 같은 건
꿈에도 본 적이 없었지.

그래도 팔뚝 다 굵어졌고
키도 훌쩍 커서
모두들 사나이 대장부가 되었어

지금은 모두들 어느 곳에서
무엇을 하며 살고 있는지
그 어린 시절 언제 한번 가볼까.

소운 11
회상

봄 여름 갈 겨울
강과 산이 변하고도 남을
살 같은 세월

검은 머리 희어지고
주름은 물결쳐
횅한 가슴 덩그러니

미완성의 성벽으로
정 두터운 마음
식혀 닫을 일이라니

누구라
알아주는 이 없이
마음 더욱 메마르다

가슴 속 생각들
한곳에 모이려다
부딪고 튕겨

하나 되지 못하고
이내
흐트러진 실타래 되어

기나긴 밤
나 혼자서
몇 번을 짓고 부수고

그리운 마음은
가슴 속 깊은 곳에
그냥 쌓아 둘까나.

소운 12

우리집

내가 사는 가장 따뜻한 곳
내 현재 삶의 모든 기억의 창고
크고 작은 기쁨도 슬픔도
전혀 티 내지 않고
묻어두는 고향

밖에 나가 놀다가도
해지기 전 그리운 곳
누군가 안 찾아도
어디를 가나 다시 또
돌아오는 그곳

아무리 혼자 있어도 무섭지 않고
정겹기만 한 곳
내 마음과 몸을 뉘어
편히 쉴 수 있는 그곳
바로 거기, 내 집.

소운 13

그리움은

어두운 밤 불을 켜면
갑자기 밝아지듯
불현듯 생각나는
견딜 수 없는 아련함이
바로 그것

한번 잠기기 시작하면
어쩌지 못할 만큼
큰 깊이로 또 넓게
마음 밭이 밝아지는
바로 그것

불을 꺼도 금방 어두워지는
흑암黑暗이 아니라
그럴수록 더욱 빛나는
선명하고도 또렷한
내 마음 한 가운데 순수함.

소운 14

인연

영원무궁한 시간을 겁劫이라 한단다
감히 측정할 수 없는 시간
극한 대의 시간을 말함이라

사방과 상하로 삼십 리가 넘는
쇠로 만든 철성鐵城 안에
겨자씨를 가득 채우고

100년마다 겨자씨 한 알을 꺼내고
이렇게 하여 전부를 다 꺼내는 시간
그래도 '겁'은 끝나지 않는단다

또 사방으로 삼십 리가 넘는 큰 반석盤石을
100년마다 한 번씩 흰 천으로 닦아
그 돌 다 닳도록 한 겁은 끝나지 않는단다

옷깃을 스치는 인연이 오백 겁
한 나라에서 태어나는 인연이 일천 겁
부부의 인연은 팔천 겁이란다

영원무궁한 시간을 팔천 번 이상 지나서야
단, 한번 만나지게 되는 부부간의 인연
귀하고도 오묘망측하고 참으로 신통하다

살면서 이 일 저 일 말도 많고
탈도 많고 핑계도 많다
사네, 못 사네 하면서 픽도 싸운다

'겁劫'을 알고 나니
더 이상 무슨 말과 그 어떤 몸짓이 필요하랴
그저 사랑하고 또 사랑하자 죽도록까지.

삶

산 자와 죽은 자
그 경계는 과연 어디일까
숨 쉬고 먹고 마시고
기쁨 슬픔 성냄 즐거움을 표시하면
산 자이고

하늘지붕에 햇볕과 비와 이슬과 바람과
이름 모를 풀벌레들과 새들과 벗하며
비록 좁지만 새 옷 갈아입고
세상 제일 편한 자세 폭은 두 자에 길이는 여덟 자
깨끗한 나무 관 안에 누웠다면 죽은 자인가

삶과 죽음은
알고 보면 뜻밖에도 간단하다
제 뜻을 제 맘껏 펼치지 못하고
세월 탓만 하고 있으면
죽은 자일 것이며

먼저 뜻을 세우고
그 뜻을 분명하게 세웠다면
세월과 환경을 탓하지 않고
끊임없이 추구해 나가는 것
그가 산 자이다.

송야松也

o **본명:** 김효정金孝貞
o **출생:** 1962년 경기 여주
o **거주:** 경기 이천
o **현재:** 시몽시인협회 밴드위원장

o **공저**
- 제15집 시몽시문학 '하늘' 외 09편(2018.06)
- 제16집 시몽시문학 '심장' 외 09편(2019.11)
- 제17집 시몽시문학 '터널' 외 14편(2020.12)
- 제18집 시몽시문학 '장마' 외 14편(2021.12)

위로

메마른 길 따라 들어가니
협곡이구나

피고 지는 꽃잎도
눈물을 흩뿌렸을 텐데

아름다운 세상을 바라는 기도
눈물로 호소하는 넋

에머랄드색을 띤 바닷속이
빛나는구나

송야 02

탈

사랑의 탈을 쓰면
행복해지고

미움의 탈을 쓰면
슬퍼지지만

해탈을 쓰면
껄껄 웃을 수 있더라

길

기다려 주고
손잡고 가는 길엔
가시덤불일지언정
버틸 테고

돌짝 같은 길이라도
합심하여 간다면
예쁜 추억 담을 테고

언젠간
옥토처럼 밝은 길이
우리의 삶이 되리라

송야 04
바람

잔잔하게 부는 바람
휘몰아치며 부는 바람
모두가 지나가는 것

잡을 수 없기에
바라보며 느끼고

하늘 위에 조각구름
흘러가듯

보기 좋은 사람으로
살아가는 것

태풍 앞에 선
구부러진 나무처럼
한바탕 춤춰보듯

인생의 흐름을
조용히 배운다

양은 냄비

번뇌가
라면을 끓이는 것과 같이
나의 근성이 되길 바라고

돕는 역할로만
네게 웃어줄 수 있다면
냄비라도 좋고

끓는 물에 면발이
쫀득거리듯이
장점으로만 서로에게
희망이 되고

냄비의 특성만을 살려보며
기억하고 살아감에 있어
집안에 꼭 하나씩 있을듯한 사람이
내가 되길 오늘도 기도한다

송아 06
이천 쌀 문화축제

푸른 하늘 아래
에워싼 고장에
울긋불긋 낙엽 따라 소풍 나오는
사람들

가을 여행의 추억을 안은
테마가 서린 공원에서

농경 사회를 비롯한
글로벌 사회를 재현하듯
예술의 풍년 잔치를
만끽하고

임금님 진상 행렬과
용줄다리기, 무지개 가래떡 등
이천 가마솥 밥으로 행복을 나누며

한 마당을 찾아 임금님인 양
햅쌀로 지어 진상을 받듯
체험하고 쌀알도 직접 까보며
즐거움에 가득 물들더라

이천 이밥

으뜸을 자아내는
맛 자랑

구수한 냄새 솔솔
원기 회복 채워주듯

토질과 기후 따라
달라지는 신기한 이밥

아미노산 미네랄이
살아 숨 쉬고

찰지고 윤기 나는
정기 어린 입맛에 흥이 난다

송아 08

감사의 삶

맡은 역할로 살되
스스로 죽이지 않으려면

육체를 꾸준히 움직이며
영양식을 보충하고

영혼을 해맑게 닦으며
지혜를 쌓고

맑은 마음으로
즐기며 감사하는 다짐으로

내일을 염려하지 말고
오늘을 족한 삶 누리는 일이다

송야 09
까마중

달박달박 모어들어
따먹고 취해 미소 짓던 날

탱굴탱굴 파란 알만 남겨두니
또다시 기다려지고

까까중이 떠올려서 던졌던 말에
호탕한 웃음으로 감추며

골목길 옆에도
거름더미 위에도
날래기로 모여들어

까매지는 입술이
우스워지네

송아 10

살고지고

혼자지만 누군가에게
웃는다

무릇 흔들리며 피어나는
꽃이 아름답듯

해를 품은 여자처럼
포근히 삶을 안아본다면

찢긴 자들에게 빨간약을
발라 주듯 어루만져주고

부러진 자들에겐
통로가 되어 준다면

아플지언정 외롭지 않을
삶을 살아가리라

별 1

구름 속에 숨겨 놓듯
별밤 속에 반짝임으로 만나 지고

속살 깊이 세어보듯
영롱한 빛이 되고

떠나면
헤아림으로 달래고

뜻 모를
이야기를 담아

닿지 않는 곳으로
여행 보낸 후

한가득 채워지는 모습으로
시련이 낙담할지라도

더 반짝이는 별이 되어
떠오름을 헤아려 본다

송아 12

별 2

그대가 찡그리시면
사라지고

환하게 웃으시면
다시 보입니다

그대가 보이면
나도 따라가며

여행을 꿈꾼 후
살짝 입 맞추럽니다

깊은 곳에 수 놓듯
올라도 보고

닿을 듯 닿지 않는 별 하나에
내 마음도 퐁당 담가 보고

또다시 사라질 땐
나도 감추럽니다

송야 13

위대한 상賞

비껴갈 수 있는 후미진 곳
언제쯤 그 길을 알 수 있을까

소낙비가 내리면 그 비 맞고
태풍도 피해 갈 수 없도록
울고만 있는 자는 누굴까

나만 힘들다고 울지 마라
알고 보면 깨달은 자는
공평함을 느끼니까

팔구십을 살아본 후에는
무슨 말을 남길까

참고 이겨내고 또 이겨내라
아름다운 세상을 볼 수 있을 테니까

송아 14
꽃밭

살짝 다가 보니
환하게 반겨주네

누군가의 손길로
가꿔진

어여쁜 꽃 위에
나비 떼 살랑이고

자체만으로도
코끝을 스치는 향이기에

젖어오는 행복에
미소가 절로나네

보고 또 봐도
마냥 취해보고 싶네

산책

혼자여도
둘이어도 좋다

생각할 수 있으니 좋고
바람과의 벗 삼으니 좋다

푸른 나뭇잎과의
속삭임

시원한 자연 바람
맑은 공기와 햇빛

새들의 합창 소리에
훌훌 날아가듯

새털처럼 가벼운
시간이 행복하다

시몽

아정雅貞

- **본명:** 유연옥柳延玉
- **출생:** 1962년 서울 동작
- **거주:** 경기 오산
- **현재:** 시몽시인협회 회원

- **공저**
- 제17집 시몽시문학 '하얀 나비' 외 14편(2020.12)
- 제18집 시몽시문학 '봄이 오는' 외 14편(2021.12)

호수

성큼성큼 걸어오는
물기 젖은 새벽
호수도 부스스 눈을 비빈다

문득
수면처럼 설렌 너의 영상들
사랑보다 고귀한 숨결로
수 놓고 간 너의 기억들
스치는 바람이 서럽구나

적어도 시들지 않을 이야기로
향기롭게 휘감기는 얼굴 어이하리

아정 02

사랑의 빗물

그대 그리워함에
빗물은 눈물이다

그대 사랑함에
빗물은 생명수다

우리 사랑 사막에 홀로 피어난
외로운 꽃이라도 좋다

끝내 마르지 않을
빗물 같은 그리움이

푸른 강을 이루며
흐르고 있다

마음 담은 사랑 편지

삶의 한 모퉁이에서 돌아다보면
언제나 그 자리에 서 있는 당신
언제나 힘이 되고 기댈 수 있는 늘 푸른 나무처럼
편안한 안식처가 되어주는 당신에게
마음의 편지를 보냅니다

한참을 갔나 돌아보면
언제나 그 자리에 서 있는 당신
밀어내고 몸부림쳐도
결국 당신을 끌어안고 몸부림치는데

길고도 힘든 시간 속에
길고도 힘든 세월 앞에

당신의 짐 무거운 줄 알면서도
나누지 못하고 구경꾼인 채로
바라만 보고 있는 자신이 미워 그저 바라보며
마음에 새긴 사랑의 편지를
당신께 보냅니다

나의 사랑, 나의 님, 당신에게로

안개비는 내리고

안개비는 살포시 내려앉는다
무거운 듯 이슬을 머금고
어깨에 부딪히는 고운 비는
포근한 그대의 손길입니다

가만히 가만히 다독거리며
시름은 제발 그만두라고
당신의 손끝에는 무한한
사랑이 머뭇거리기에

온통 시야를 가린 안개비는
그대의 형상을 그리게 합니다

이슬 머금은 눈은 사랑을 담고
풍겨내는 향기에 코끝을 세우며
입가에 번져가는 미소와 함께
잔잔히 내리는 안개비 속에 머뭅니다

결실의 계절 가을이 오면
새벽 하늘가에 뜬 사랑의 하트를
그리운 당신에게 띄웁니다

가을 사랑

뜨거운 태양이 내리는 대지
타들어 가는 나른한 오후
대지 위에 빨간 고추들의 일광욕

코스모스 바람에 한들한들
고추잠자리 훨훨 날아다니고
귀뚜라미 울음소리에
풍요로운 가을이 옴을 알린다

별도 달도 숨어버린 고요한 밤
사랑 가득 담은 이 마음
오늘도 당신을 그리며
음악을 친구 삼아 이 마음 달랜다

푸르른 잎들이 형형색색으로
물들어 가는 가을이 오면
그대와 진솔함이 담긴 아름다운 사랑
가을과 변함없는 인연처럼 물들어 간다

중년의 가을

가을비 살포시
뜨락에 드리우면
떨어지는 잎새에
마음 하나 던져보네

우리네 영혼은
한 편의 시 속에서도
깃들 수 있듯

중년의 삶은
노을이 되어 부르는
가을비 속의 노래

빠른 세월 속에
나이도 더해가고
벌써 가을이 다가와
마음을 흔들어 놓고 있네

사람의 마음은 간데없고
까마득한 추억만이
가을임을 마음으로 느끼고
가을임을 온몸으로 느낀다

하루 사이의 가을을

그대에게

소나기는 싫은데
비는 좋다

사람은 싫은데
그대만은 좋다

내가 만약 하늘이라면
너에게 별을 주고

내가 만약 꽃이라면
너에게 향기를 주겠지만

나는 인간이기에
너에게 영원한 사랑을 주고 싶다

아정 08

기다림

보고 싶은
우리 님이시여

당신을
만나지 못하여도
조바심 내지 않으리라

늘 기다림이 즐거워
길 잃은 사슴처럼
새벽이슬 맞으며
님이 오시길 기다리리다

사랑의 연가

길가에 핀 코스모스
실바람에 하늘거린다
그대 보고픈 마음 하나
가을바람에 실려 보낸다

파아란 가을 하늘이
너무 높고 눈이 부시기에
수줍은 미소와 더불어
나지막이 고개 숙이며

그대의 고운 숨결 느끼며
사랑의 연가를 그대에게
살짝이 띄워 보낸다

아정 10

그대를 사랑합니다

비가 오는 날도
그대를 사랑하는 마음
그대로입니다

눈이 오는 날도
그대를 사랑하는 마음
그대로입니다

바람이 몹시 심하게 부는 날도
그대를 사랑하는 마음
그대로입니다

햇살이 눈부시게 빛나는 날도
그대를 사랑하는 마음
그대로이기에

늘
내 마음속에 남아있는
그대를 사랑합니다

아정 11

여름이 가고 가을의 문턱에서

유난히도 더웠던 여름도
이제 서서히 물러가려는지
조석으로 부는 찬바람이

가을 향기 담고
그대 향기를 싣고 불어옵니다

늘 그리운 마음으로
서로를 궁금해하며

늘 같은 날
늘 같은 시간 속에
늘 같은 공기를 마시며

스치듯 지나가는 우리 삶 속에
마음이 통하는 바람처럼

당신과 마주 앉아
잠시라도 얘기 나눌 시간이
언제쯤에나 이루어질지

늘 편안한 마음으로
늘 따뜻한 마음으로
당신을 사랑하는 마음 그대로

시몽

언제나 그 자리에
언제나 함께하길 기다립니다

아정 12

가을 하늘

청명하고 맑은
파아란 가을 하늘에
흐르는 뭉게구름에 실어
서둘러 내 사랑 소식 담아
당신께 보냅니다

여름내 달궈진 아스팔트 위로
피어오르는 아지랑이는 가로수 잎에 담아
흰 연기와 함께 휘날리며
식어버린 사연처럼 짙은 커피색으로
투박한 찻잔에 녹아들듯

혀끝에 닿은 커피에 달콤함이 피어나고
아름다운 가을 향기에 온몸이 따뜻하여
울긋불긋 형형색색으로 물들어 가듯
사랑하는 그대를 그리며
그리움을 담아 보냅니다

아정 13

반복되는 우리들의 삶

조용하고 스산한 아침
감미로운 음악과 함께
행복한 아침을 맞이한다

촉촉한 늪에 온 듯한 아침
우왕좌왕 사람들의 발걸음도
바삐 움직임을 재촉한다

허기진 배를 채우기 위해
빈속을 달래기 위해 빵과 우유를 먹으며
하루를 열어가는 현대인들

모두 일터로 학교로
발걸음을 재촉하는 표정 속에서
흘러나오는 고난들을 안고

다람쥐 쳇바퀴 돌듯 로봇처럼
하루하루 반복되는 우리네 삶들이
진정 무엇을 향해 살아가는지를 상상하며

자신의 자아를 위해
생존 경쟁의 성공을 위해
우리는 신발이 닳도록 뛰어야만 한다

가을 사랑초

가을 사랑초 하나
내 가슴에 피어
늘 예쁘게 자리합니다

춘하추동 사계절
그대가 그리워 활짝 피어있는
아름다운 사랑초 하나

그대 향기 되어
지지 않는 꽃으로
영원히 함께합니다

늘 살아 움직이는
나의 사랑초 하나
꺼지지 않는 불꽃 되어

내 몸에 머물러
나를 감싸며
나를 불태웁니다

아정 15

영혼 속의 핀 꽃

그대를 사랑하게 된 것도
운명이라 생각하기에
한 송이 꽃으로 피어나
그대를 찾아 나서렵니다

사랑이 저 멀리 있어도
사랑이 보이지 않아도
내 사랑이 아니어도
그대의 서러운 꽃으로 필지라도

영혼의 꽃으로 피어나
긴 방황과 허망한 여로에서
그 끝에 머물지 모를
절망이 스며들지라도

희망으로
사랑으로
그대 그리움의 꽃 되어
그대 곁에 다가가렵니다

죽장竹杖

- o **본명:** 장병오張炳午
- o **출생:** 1962년 광주 남구
- o **거주:** 경기 의정부
- o **거주:**
- 육군 소령 예편
- 개인 사업체 운영(건설 부분 창호 업체)
- o **현재:**
- ㈜라온건설 덕소현장 근무 中
- 시몽시인협회 홍보위원장
- o **메일:** 280635@hanmail.net

o **공저**
- 제16집 시몽시문학 '개망초' 외 09편(2019. 11.)
- 제17집 시몽시문학 '붕어빵' 외 14편(2020.12.)
- 제18집 시몽시문학 '그리움' 외 14편(2021.12)

안전

가족의 행복을 지키는 것
동료와 친분을 다지는 것
현장의 공기를 맑게 하는
그것

무엇보다 중요한 건
본인 스스로가
인지하고 지켜야 할
그것

생명과도
직결되는 것이기에
항상 간직하고 지켜야 할
그것

우리는 그것을
안전이라고 말한다.

죽장 02

가장 무서운 것

깊은 산속에서 만난 호랑이보다
공동묘지에서 만난 처녀 귀신보다
최첨단 무기로 무장한 테러범보다

더 무서운 것은
타성에 젖은 불감증
알면서도 실천하지 않는 귀차니즘
어제도 아무렇지 않았는데 하는 안일함
설마 내가 하는 자만심

우리에게
이 '불귀안자' 보다
더 무서운 게
그 어디에 또 있으랴

세월

세월아
기어이 가고 와야 하는
것이라면

내 어찌
너를 오지 마라
가지 마라
잡을 수 있겠느냐

어차피
가고 올 거라면
불운과 악재와
고통보다는

행복과
즐거움과 행운과
재물과 건강을
데려와 안겨 주려무나

깔판 바꾼 가자미

시끌벅적한 수산 시장
수족관엔 여유로운 활어들
톱밥 속에 숨어
춤을 추는 꽃게들 옆에

얼음 방석에 누워 잠자던
덩치 큰 가자미 세 마리
상자에 담겨 우리 집에 온 후

무와 감자로 깔판을 바꾸더니
대파 양파 고춧가루 마늘 등으로
한참을 치장하고 냄비에서 찜질하고 나와
밥상머리 올라앉아 작은 입을 옹알이며
이슬이 오빠를 찾는구나
처음처럼 달려 보자고

건배!

소나기

아스팔트에 아지랑이
피어오르는 땡볕 더위에
이마엔 땀방울이 쉴 새 없이
흘러내리는데

우르릉 쾅쾅
느닷없이 천둥 번개 치더니
세찬 빗줄기 대지를 적신다.

뜨겁게 달궈진
세상을 식히려는 듯
하늘 물이 쏟아져
도랑물이 지도를 그리며
뱀처럼 흘러가네

죽장 06

현장에 피는 꽃

덜컹덜컹 우릉쾅쾅
포크레인 덤프트럭
비온뒤의 움직임에
　탕물도 흥겹구나

철컹철컹 우당탕탕
망치소리 요란하게
개인마다 소임대로
분주하게 땀흘리고

외각휀스 작은구멍
뚫고나온 담쟁이도
방긋방긋 안전사고
어화둥둥 최고일세

근심 걱정

마음속에 또아리튼
근심걱정 한바구니
어수선한 이내마음
답답하고 어지럽네

이럴때면 우리들은
한숨보다 술한잔에
말끔하게 지운다네

하늘위에 흰구름이
바람따라 날아가듯
어지럽고 시끄러운
이내마음 날리우고

바람처럼 구름처럼
자유로운 세상이길
두손모아 빌어보네

죽장 08

감자

울퉁불퉁 움푹움푹
못생김의 대명사로
감자같은 미련퉁이
놀림감이 되고마는
강원도의 대표주자

노란겉옷 걷어내면
젊은아씨 속살만큼
하얀속살 드러내어
방긋웃는 네모습이
정겨웁고 이쁘구나

지져먹고 볶아먹고
삶아먹고 구워먹고
조림요리 찌개요리
된장찌개 감자탕에
어디에나 맛나구나

죽장 09

법가 法人card

널 데리고 사는 사람
어깨 위에 뭔가 모를
뵈지 않는 힘이 있어
보이구나

내 주머니 축 내잖고
자신만만 큰 소리에
자랑질로 허세 부려
좋더란다

너로 인해 여기저기
시끄러운 사건 사고
보도되고 잡음들을
만들어낸 너란 놈이
궁금하다

막무가내 여기저기
들이밀어 긁어대서
생긴 구멍 막는 사람
죽어나니

유령 같은 네놈 정체
굳이 알려 않지마는
나도 너를 내 품 안에
품어보고 싶어 한다

시몽

숨겨놓은 이쁜 애인
몰래 만나 안고 품듯
나도 너를 속절없이
품으련다

라면

꼬불꼬불
실타래같이 얽혀 있는
한 덩어리

네모나고 둥글고
큰 것으로 작은 것으로

비닐봉지도 크고 작은 컵에도
사는 집도 맛도 모양새도
각양각색 다채롭네

넌 어찌 이 세상에 태어나
가난과 빈곤의 상징으로
우리 곁에 왔느냐

식사 대용으로
간식거리로
해장거리로

오랜 세월 함께해온
그지없이 친근함에
오래오래 변함없는
죽마고우 너로구나

죽장 11
더불어 사는 세상

베란다 창밖 화분에
쪽파 심어 가꾸는데

잡초인지 화초인지
푸릇푸릇 새싹이 올라오네

제법 자라난 걸 살펴보니
작년에 자랐던 사랑초네

저렇게 작고 가녀린
그 풀잎 하나에서
깨우침을 얻는구나

우리네 삶은 나 혼자가 아닌
더불어 살아간다는 것을

싱그러운 오월

연하디연한
연초록 새싹들이
튼실하게 자라나고

유채꽃 향기
아카시아 달콤한 향내
코끝을 건드리고

싱그러운 날들이
주렁주렁 영그는
푸르른 오월

일 년 열두 달
언제나처럼
오월만 같아라.

죽장 13

먹구름

아주 낮게 무리 지어
북쪽으로 나는 검은 무리
까마귀냐
기러기냐

놀부 심보 품은 네놈
심술쟁이 네놈 정체 알고 보니
먹구름이로구나

무리 지어 날아가다 말고
토악질을 해댈 때는
소나기라는 이름으로 우리에겐
좋을 때도 싫을 때도 있더구나

때로는
시도 때도 없이 뱉어내는 물줄기는
과히 감당하기 힘겹구나

죽장 14
참깨의 삶

한여름 뙤약볕에서
몸 부풀려 살찌우다가
가을바람 불어 쉴 만할 때

할매 손에 거꾸로 붙들리어
작대기로 실컷 맞고
튼실한 알갱이 뱉어내네

다이어트 성공한 놈
좋아할 틈도 없이
할매 키질에 퇴비 더미로 날려가고

살찐 놈들 옹기종기 모였건만
기름틀에 틀어박혀 압박 고문 못 견디고
맛난 기름 토해내더니

기름 틀에 안 간 놈들
다행이라 여길 틈도 없이
뜨거운 가마솥에 들어가서

뱅글뱅글 달달 볶여
음식물에 뿌리어져
맛난 향내 주었건만

선택받지 못한 놈은
접시 바닥에 달라붙어
하수구로 흘러가는 신세라네

죽장 15

새벽 봄비

하늘은
뭐가 그리 서러운지
하루 진종일 소리 없이
눈물만 흘린다네

있는 듯 없는 듯
오는 듯 안 오는 듯
소리 없이 가냘프게
울고 있네

오랜 시간 흘러내려
대지를 촉촉하게 적시더니
물웅덩이가 생겨나고

첫사랑과의 아픔을 못 잊는지
사랑하는 이를 보냈는지
밤샘 흐느낌도 모자라
연이틀을 흐느끼네바라보네

천안泉安

o **본명:** 김영진金永晋
o **출생:** 1962년 전남 목포
o **거주:** 충남 천안
o **현재:** 시몽시인협회 사무위원장

o **공저**
- 제15집 시몽시문학 '사람' 외 09편(2018. 06.)
- 제16집 시몽시문학 '얼굴' 외 09편(2019. 11.)
- 제17집 시몽시문학 '풍장' 외 14편(2020.12.)
- 제18집 시몽시문학 '살길' 외 14편(2021.12)

삼신 드디어 점수하다

고맙다 고맙다 고맙다
아 아린 수많은 날 있어 더 고맙다

늦음, 괜찮다 아암 괜찮고 말고

잘했다 따뜻한 어루만짐 있어 더 좋다
아 정말 좋다 좋아

하늘 봐라

큰손녀 점지받았다고
환히 웃는 할아버지 할머니 계시니
저리 푸르지 저렇게나 맑지

나를 봐라

큰딸 생각에
굳은 어깨 흥 일어나 들썩들썩
그대로 하늘하늘 꽃 춤이지

핫하하아 앗싸 앗싸
앗싸 앗싸 아하하핫

천안 02

할 일

다저녁때

입은 거 세탁기 속에 넣을 수 있는
인내력 키우기

먹은 다음 냄새까지 치울 노동력
확보하기

자다가 털어낸 먼지 쓸 빗자루
갖다 놓기

까먹기 전
새날 미리 보고 믿기

초겨울 오장육부

두고 보자 겁주고 잘 숨은 비장
숨어서 잡신 잡는다는 신장
딱 잡아떼고 애태우는 간장
비틀고 찌그러뜨려 막는 폐장

그래도, 아 그래도
생명수 뿜어내는 심장 있어
깊은 오장동 하루가 바쁘다

자원봉사자처럼 손가락 발가락이
더불어 살자고 꼼지락댄 덕분에

훤한 뇌, 미끈한 창자
튼튼한 위장이 있어

삼키고 토하는 삼초 계곡 물소리 먼
고요한 풍경 볼만해서

이제 겨울 산 넘는 일
여반장이어서

낮으로는 뜨기 싫다 미적미적거리는
아침 해마저 감미롭다

천안 04
뜻

상식 밖에서
자연의 때 어쩌고저쩌고하는 거
안 맞지

인간 활동 아니니 더욱 그렇지

세상 무슨 억하심정 있어
끝끝내 막 걷다가 고꾸라질 테면
맞다 하겠지

해와 달이 톱니바퀴에 깎인 찌꺼기
뾰족탑 되도록 두지 않겠지

저녁놀 저렇게 그윽한데
아 흐뭇한데
따뜻한 겨울 맞겠지

아암 보통으로 살지는 않아도
폴새 순응을 알고 그러겠지

우리 아이

맑디맑은 소리 커지는 아침
알알이 소망 품은 꽃 바퀴로 온 아이

해바라기 씨처럼
우리 맘에 희망찬 기쁨 심어 준 아이

아이야
밖에서 웃지만
안에서 웃지 않는 눈을 본다

아이야
사랑하는 우리 아이여
엄마 아빠 따라 울지 않을 아이야
스스로 밝게 웃을 아이야

해바라기꽃 함께 키우자
맑게 피우자 웅!

우리에게 온 첫날처럼
그리 만나자 웅!

사랑하는 우리 아이야
꼭 그러자 웅!

천안 06

춤

스무 살 남자가
하늘하늘한 흰 천 둘러친 마당에 섰다

구경꾼 모여들어도
천진난만한 춤을 추고 있다

격정이 사그라지는 거리
밝다

통증 없이 밝은
입 꾹 다물어도 밝은
벌 받듯이 춰도 밝은
춤을 추고 있다

꼭
아름다워지게

오늘 꼭
순하여지게

이제, 평안해지도록
춤을 추고 있다

추고 추고 또 추고
또, 춤을 추고 있다

딱새는 검은 사랑

큰센바람 까부는 초 여름철
육중한 금빛 풍경 억지소리 내고 그만

욱 심통이 나
먹 박박 갈아 금빛에 먹칠한다
싸늘하다

그 꼴에
그 사랑이면

한 자짜리 거위와 함께 쉼이 마땅해
감지덕지지만
믿지 못한 작은 눈
겨울 폭풍을 감시한다

그렇게 하는
아직 씨 될 말 한마디 뿌리지 않는 사랑
그렇게 한다

그래
여기, 그런 사랑이 있다

작아진 아내

천 가지 매움에 눌려 작아진 손
만 가지 쓴 독에 쏘여 굵어진 손

그렇게 그렇게 칡 닮은 두 손
은빛 찬란한 고등어조림 들고
천근만근 몸뚱이까지 끌고 온다

희멀겋게 만한 염치 없는 손
개숫물에 불은 칡 닮은 손 마중하러 간다

늦었지만 많이많이 늦었지만
아직 따뜻한 손 잡으러 간다

마지막 흉몽 凶夢

꽈광 쾅쾅
세상 무너뜨리는 굉음이 온다

쩌억 쩍 쩌억 쩍
개나리꽃 환한 땅이 찢긴다

어린 울화통
묻히고 묻히다 소리 없이 삭고 삭다
더 못 삭아, 못 삭아 터졌다

갈라진 땅으로 떨어지는 개나리꽃
찢긴 땅에 빨려드는 환한 빛

그래도 목이 잘린 돌사람 하나
겁먹은 거 없이 말뚝으로 놓인다

거기 얼굴 없는 신으로 있다
장난치는지 알 수 없어 눈 깜빡이다
기지개를 켠다

등골 찌릿찌릿한 순간
잘린 목에 얹어진 웃는 얼굴이
아 자애롭다

천안 10

아린 하늘 검은 새

깊은 샘 깨진 두레박 내려보내
시퍼런 핏대 선 얼굴 건져 올린다

달라붙은 시커먼 벌레
따뜻한 물에 불려 살살 뗀다

아 먼 그날
그래도 생생 사랑 남은 낯바닥
잘 씻겨 영영 데려간다

생생불식

아름답게 발광하는 초롱아귀 도시
눈이 부셔 보이지 않는다

거대 오징어 사는 희귀한 동네
감긴 눈으로 볼 수가 없다

빛 모른 속 어디 있을 심해아귀 아지트
눈을 씻고 봐도 캄캄하다

아서라
할 수 있는 일이 살 일

아기 묏등보다는 큰 뒷산
폭포에 간다

또로록 곧게 떨어지는 물
전기뱀장어 지나가는 물길에
조심히 물레방아 갖다 놓는다

어제, 험한 발짓에 도망친 버들치 찾는
하얀 얼굴 물속에 담근다

천안 12

꺼먼 가죽 부대

벌건 대낮
새소리 밝게 웃는 고무나무 꺾는다

하얀 피 흐른다

카알카알 흐른 시뻘건 불덩이
주저앉은 검은 덩이로 굳은 어느 날 있고

다행히 거룩한 첫 할아버지 헤아림은
쇠 깨는 망치 준비한 어느 날도 있다

그러다 어찌어찌 밝은 날
맑은 숨결 부는 그런 어떤 날

저절로 생겨난 평안한 미소
빛깔 나서 좋은 날

내 오늘
참 좋다

정말 고맙다
내가 사는 오늘 같은 날

밝아서 따뜻해서

정말
수박 겉핥은 맛쯤 아는 확신 갖고
나쁜 회억 맴도는 머리 꼭대기 살핀답시고
덜 거 보탤 거 없다고 뗀 심장
엄마 뒤주에 넣어 두고 가는 길

저 앞
몰아치는 찬바람에 무덤 꾸미든
솔솔 부는 봄바람 타고 꽃동산 꾸리든

죽을 약, 살 약 뭉치는 다저녁에
마음 밭 갈아
잡됨 섞이지 않은 씨앗
꾹 눌러 심으면

아침 해 커지는 만큼
가슴 한복판 점점 더 환해지는 상상들

참 즐겁다

천안 14

조화하다

단풍 콩잎 똥내 나 안 먹는다는 입
기름진 기왓등 닮았다

다저녁때 빤히 보던 단군 백성
한 움큼 주워 온다

내리닫는 미틈달 아래 퍼질러 앉아
찬밥 한 숟갈 막장 한 숟갈 콩잎에 싼다

거친 목젖 뒤로 쑥 밀어 넣고
흔적 없이 삼키더니

아무렇지 않게 벌린 입 닫는다

먹는 일

노인이
길 가다가 허리 굽혀 주워온 은행
돈꿰미 만들 수단으로
구린내 싹 씻고 구운 알
업두꺼비가 꿀꺽하듯 먹는다

노인이
식구 없이 먹을 나머지
만신 고모 할매 책 읽듯 하는 소리
들으며 먹는다

노인이
마의태자 빙의한 얼음장 얼굴하고
신 내리는 잡귀 쫓든 말든
다 상관없다며 먹는다

노인이
오래 살든 일찍 죽든
사람 일 그랬다 곱씹으며 먹는다

오늘, 그리 안다는 노인
있는 대로 잘 먹는다

초로 草露

○ **본명:** 신인숙 申仁淑
○ **출생:** 1961년 전북 전주
○ **거주:** 경기 안산
○ **경력:**
- 한국신춘문예 시부문 신인상 등단
- 대한민국 미술대전 국전(특선)
- 대한민국 현대미술대전(문화체육관광부장관상/대상)
- 대한민국 미술대전(국전) 심사위원 역임
- 대한민국 현대미술대전 초대작가/ 운영이사/ 심사위원장
○ **현재:**
- 경기미술협회 초대작가/ 서양화 분과위원/ 인천미술전람회 운영위원장
- 스포츠닷컴 모델협회/ 미술전문위원/ 이사
- 한국미협 서양화분과 미술지역부위원장, 이사/ 종로미협이사
- 시몽시인협회 회원

○ **메일:** eseul267@naver.com

○ **저서:** 작품집 동행/초대전 2021

내 고운 향기

살다
내생 다하는 그날
초췌한 모습일랑 살짝 감추고

보글보글
비눗방울로 변신하여
무지갯빛으로 피어나

아름답고 신비로움으로
맑은 바람을 타고 동동
구름까지 둥실둥실. 두둥실

날아올라 하늘까지 닿으면
마지막 남은
내 고운 향기

톡~ 터트려야지.

꿈으로 얻은 노래

풀 꽃씨 날리며
나 그대에게 날아 보아요

풀 꽃씨 솜털 날개 활짝 펴고

하늘 위로 훨훨
꿈속을 춤추며
새하얀 조각 만들며

푸른 하늘가에 퍼지는
온 하늘가 눈부시게 빛나는
내 세상인 듯
미친 듯이 꾸어요.

눈물도 감추고
슬픈 표정도 감추고
세상 향해 힘껏 소리치며

나 그대에게 날아가요
먹구름 껑충 넘어
흰 구름 타고 이 하늘 저 하늘에

솜털 구름에 살포시 누워 쉬었다
풀 꽃씨 날리며 나 그대에게 날아가요

초로 03
허공에 뜬 별 하나

어디쯤
헤매고 있는가

아직 갈 길은
아득히 멀 뿐인데

허공에
떨고 있는

나는
누구인가
초로 04
비와 그리움

비라도
내렸으면 좋겠습니다.

먹먹한 가슴
비에 젖어 속 시원할 만큼
온몸을 적시고 싶은 마음입니다.

허한 마음으로
멍하니 창밖을 바라보다

비라도 내리는 날엔
우산을 쓰고 길을 나서고 싶습니다.

비 따라 흘러 흘러
어디라도 가고 싶은
끝도 없이 흐르고 싶은

그리움으로 떠나고 싶습니다.

비와 그리움

비라도
내렸으면 좋겠습니다.

먹먹한 가슴
비에 젖어 속 시원할 만큼
온몸을 적시고 싶은 마음입니다.

허한 마음으로
멍하니 창밖을 바라보다

비라도 내리는 날엔
우산을 쓰고 길을 나서고 싶습니다.

비 따라 흘러 흘러
어디라도 가고 싶은
끝도 없이 흐르고 싶은

그리움으로 떠나고 싶습니다.

초로 05

배앓이

어릴 적 살살 배 아플 때 문지르며
나지막한 목소리로 노래 부르셨던 어머니

"엄미 손은 약손이다 ♪♩♬~"
"엄마 손은 약손이다 ♬♩♪~"

느덧 마법사가 되어
사랑의 연주를 들려주시며

꿀룩 꿀룩 ♪♬♩
쪼르륵 ♪♩

물소리의 리듬을 타고
주문 걸듯 살며시 잠들게 한다.

아침에 눈 뜨면
거짓말처럼 사라진 배앓이

지금도 이따금씩
온기가 가득한 약손이 그리워진다

허공에 머무는 마음의 꽃

봄바람 한 줄기
클래식 선율을 타고
내 품속에서
그리움의 꽃으로 피어난다

달빛에
애절하게 부서지는
음音의 파편들
무언無言의 무형無形으로
허공을 떠돌며
기다림의 긴 춤을
추고 있다

저 깊은
어둠 속으로부터
빛을 향하여
끝도 없이 달려온
미망迷妄의 영원한 꽃이여

나는 너를
허공에 머무는 마음의 꽃이라고 부른다.

초로 07

님이 오는 소리

환하게 비치는 햇살
가슴에 가두고
지그시 눈을 감고
지민치 다가오는
바람 냄새

찬 가슴
녹아내리듯
가슴은 뛰고
산 고개 넘어
님은
바람 타고 오시는지
향기로 오시는지
기다리는
이 설렘

저녁노을 시냇가
잔물결 아래 숨어
빛나는 춤사위로
흥얼거리는
봄노래
시냇물 소리.

꿈

비가 내린다
누군가를 적실 듯이
다시는 목마르지 않을 것처럼
창밖은
어두운 빗소리만 가득하다

몸은 사르르 녹아내리고
깊은 잠에 빠져
꿈길 어디론가 걷고 있다

연보랏빛 물든 희미한 안개
아른거리는 그 무엇
손짓하며 내게 미소 짓는다
미소를 따라 걸어도 걸어도
나는 제자리걸음

손이 닿을 듯 닿지 않는 그 무엇이
내 몸을 짓누르고 나를 애타게 만드는
깨어나고 싶지 않은 몽롱한 꿈
살며시 그리움만 안고 깨어나다.

초로 09

꽃잎

바람 불면 필까
석양이 지면 떨어질까

파란 하늘 아래
살랑이는 꽃잎의 자태

아!
사랑이 오면
그 사랑이 가듯

가을은
꽃잎의 운명처럼
벌써
내 가슴에 와
있다.

그리움이 쉬어가는 저녁

길을 걷다 눈에 들어오는
그 무엇 느낌 하나
바람결에 흔들리는 풀잎
아른거리듯
춤을 추는 붉은 노을의 몸짓

먼 산 석양을 바라보니
긴 그림자 따라
어느새 다가오는 그리움
하나

내 뛰는 가슴에
살포시 자리 잡고 들어와
땅거미 지는 어두운 저녁에
떠날 줄 모르는
설렘이여

머얼리 찾아보는
밤하늘의 별빛 은하수 속,
아무도 모르게
속삭이는 시詩의 향연

저녁,
해거름 녘에
외로운 나의 날개는
서서히 날아오른다.

깊은 밤

풀벌레마저
울음을 멈추고
바람마저 풀 위에 잠잔다

달은 멀어져
별이 더욱
총총히 빛나는데
그저 들리는 건
내 발걸음 메아리 소리에
솜털이 솟는다

멀리서 들리는 개 짖는
소리라도 들리련만
멀지 않은 집으로
한 걸음 내딛기 두렵다

이럴 땐 시끄러운 풀벌레
소리도 그리운데
시간은 멈춘 듯 정적만 흐르고
달빛만 나를 따라오네.

초로 12

허공

이리저리 떠돌다
사라진다

형태 없는 너를
허공에서
찾아 헤매는데

불러도 대답 없는
잡으려 해도
잡히지 않는
밤하늘에

떠다니며
휘젓는 이름이여

무수히 많은
별빛 사이로
흩어지는 너를

애타게 부르다
꿈 깨보니
내 안에 들어오는
그 이름 하나.

민들레 홀씨 1

바람에 떠돌다
마음
어디로 갈지
어디에서 머무를지
아직 알 수가 없지

하늘거리며
휘날리는 듯
바람 타고 꿈꾸듯
훨훨 날아갈 수밖에

이 바람 그치면
마음 어느 곳에
머물 수 있으려나
긴 여정 끝
햇살 받으며

홀로 살아갈 곳
자리하고 싶은 곳에
은빛 날개 접어야지

초로 14

민들레 홀씨 2

가는 길
멀게 느껴져도
돌아오는 길은
가볍게
날아오려니

봄이
저 산 너머
가만히 숨 쉬며
님을
기다리고 있네

홀씨
외로워도
그
날개깃 속
찬란한 빛이
봄을 뿌리나니

그대
가슴도
홀씨가 있는 한
봄이 되어 훨훨
날아오르리라.

초로 15

민들레 홀씨 3

바람이 분다

깜깜한 밤하늘
별빛
무수히 쏟아지는

슬픔의 들판에
너 없이
쓸쓸한,

아무것도
말하지 않았지만
가슴에 타오르던
사랑의 불씨

홀씨 하나
아침을 향해
오늘 밤도
그
날개를 편다.

함초 函草

○ **본명** 신옥심申玉心
○ **출생:** 1961년 전남 목포
○ **거주:** 서울 중구
○ **현재:** 시몽시인협회 재무위원장

○ **공저**
- 제04집 시몽시문학 '친구란' 외 04편(2010.03)
- 제05집 시몽시문학 '그대의' 외 04편(2010.09)
- 제06집 시몽시문학 '불나비' 외 06편(2011.03)
- 제07집 시몽시문학 '소나무' 외 06편(2011.09)
- 제08집 시몽시문학 '할미꽃' 외 06편(2012.03)
- 제09집 시몽시문학 '민들레' 외 06편(2012.09)
- 제10집 시몽시문학 '저편에' 외 06편(2013.03)
- 제11집 시몽시문학 '가슴에' 외 06편(2013.09)
- 제12집 시몽시문학 '그리움' 외 07편(2014.03)
- 제13집 시몽시문학 '사랑의' 외 06편(2014.09)
- 제15집 시몽시문학 '채송화' 외 09편(2018.06)
- 제16집 시몽시문학 '노숙자' 외 09편(2019.11)
- 제18집 시몽시문학 '별과달' 외 14편(2021.12)

새벽의 강

숙성된 밤이 찾아오면
내 노트엔 강이 흐른다
사유에 소망을 노래하는
세월이 떠다닌다

넋두리의 삶이라도
눈부신 기억을 더듬으며
더 깊이로 묻히는
강 따라 무작정 노 젓는다

이 줄기 따라
저어가는 길이
요동치는 급 물결이라도

역경을 참아내면
완성 못한 시어의 바다를 향해
닻을 내릴 수 있을까
바라볼수록 강폭은 넓어만 간다.

함초 02

길

하얀
뭉게구름 피어난
드높은 봄 하늘

늘
우리 곁에
있어 주지 못하고

제 갈 길
떠나는
길목.

그날의 뒷모습

그냥 하루
그냥 한 주
그냥 한 달
그냥 일 년

내리막 폭포
물 떨어지듯

삶이 그렇게
흘러 가노라네.

함초 04

파도

오랜 세월
고독과 바위벽을 휘감고

하얗게 주서앉는 너는
끝없이 펼쳐진 수평선

부서지는 하얀 거품으로
세월을 밟아가는 것이라며

돌아서지 않는 세월을
푸르게 절이고 있다.

대지의 숨소리

어둠의 눈물이 영글어
낮보다 더
짙은 밤을 밝히며

대지의 요정처럼
고운 숨결로
상처를 아우른다.

지친 풀잎
옷자락을 한올 한올
빗질하며

이슬 젖은 가슴마다
응어리 풀어헤치며
창조의 씨앗을 기다린다.

함초 06

무심無心

마음속
켜켜이 내리는 어둠이

삶의 등불 밝혀 줄
희망의 빛으로

오늘도
내 심장으로

하나둘
속절없이 채워본다.

함초 07

여름의 무게

타오르는
가슴의 불꽃
감출 수 없다고

무성한 나뭇잎 사이로
한 겹
두 겹
뜨겁게 벗겨낸다

치솟은 그 손길에
몸 부풀리며
빛으로 물들인 채

오색 깃발
나부끼는 함성으로
가을을 찬미한다.

함초 08
수수깡 인형

세월의 파도에
휩쓸려간 한 조각의
꿈

일렁이던 사랑
불 사르지도 못한 채
깊게 패인 골 사이로

동이 난 가슴 안고
마음의 벽면 타고
빗물처럼 흘러 내리네.

한겹 세월의 언저리에
그림물감 한없이 풀어
겨울날에도 꽃을 피우고 싶을 뿐.

함초 09

여정의 길

하염없이
흘러가는
저 먹구름아

오늘도

멈추지 않고
어디로 달려가느냐

나는
언제나 그 자리에
서성이고 있는데.

함초 10

해일

속 깊은 푸른 바다
자신의 혈관을 관통하며

자신의 아픔과
슬픔을 흐트리며

대지의 세계를 향해
검은 군대를 일으키더니

상실한 인간의 생태계로부터
우주 스크린을 살포시 휘덮는다.

대둔산

오랜 가뭄으로
황홀한 산발을 하고

노을로 내려앉은 산자락
나뭇가지마다 초승달처럼 메말라 버린

빛바랜
삶의 파편들
썰물로 다가온 낙엽의 바다에서
퍼즐을 맞춘다.

함초 12

겨울새

다들 떠난 자리
체온도 없는
나뭇가지에 앉아 있는 건

날개가 없어
날지 않는 게 아니다

된바람 불어와
찌른다며 투정한 자리
그대로 한자리 지켜

신열을 앓는
나목의 잔가지에
짓밟힌 꿈인 듯
푸른 옷 피워내며

남몰래
여명을 떠올린다.

함초 13

견우와 직녀

천둥 치는 칠흑 날
흙탕물 속에서도
연꽃은 피어나고

돌이킬 수 없는
빛바랜 세월 속으로
잃어버린 길 찾아

슬프도록 저주받은
사랑이라도
저지르고 싶은 죄

요단 강 건너
하늘이 두 쪽이 나도
감쪽같이 만나야 하는 그 사람.

시몽

함초 14

겨울을 밀치고

겨우내 쥐가 난 삭신
후끈 데워져
속내 감추지 못하고
놀러 나온 봄

불빛 없이도
방향 찾아

속절없는 연정 하나
앙상한 나뭇가지에 매달려
골짜기를 살찌우며

온몸
환희를 머금고
발뒤꿈치 사뿐히 들고
톡톡 날리고 싶다.

함초 15
만선의 꿈

꽃봉오리
피어나는 소리
바람결에
속삭이는 소리

잉어의 지느러미
깊은 물을 가르는 소리처럼

땅은
모든 생명의 소리를 토하며

우주의 봄은
천년의 꽃을 피우고 있다.